수작걸지마

수작걸지마

펴낸날 초판 1쇄 2014년 12월 12일
지은이 수작가

펴낸이 김은주
편집장 조연흠
책임 편집 임주하, 정난희 | 마케팅 이상영
일러스트 · 손글씨 임선영 | 디자인 장혜림

인쇄 (주)길훈씨앤피

펴낸 곳 별글 http://blog.naver.com/starrybook
등록번호 128 - 94 - 22091 (2014년 1월 9일)
주소 경기도 고양시 덕양구 오금로 7 신원마을 3단지 305동 1404호
전화 070 - 7655 - 5949 | 팩스 070 - 7614 - 3657

ISBN 979 - 11 - 952143 - 4 - 1 03810

이 도서의 국립중앙도서관 출판예정도서목록 (CIP)은 서지정보유통지원시스템 홈페이지
(http://seoji.nl.go.kr)와 국가자료공동목록시스템 (http://www.nl.go.kr/kolisnet)
에서 이용하실 수 있습니다. (CIP제어번호 : CIP 2014034595)

별글은 독자 여러분의 책에 대한 아이디어와 원고 투고를 기다리고 있습니다. 책 출간을 원하시
는 분은 이메일 starrybook@naver.com으로 간단한 개요와 취지, 연락처 등을 보내주세요.

수작걸지마

별글

저자의 말

나는 일상의 소소한 장면들을 찍고 기록해왔다. 그리고 나름 맘에 드는 사진을 SNS에 올리곤 했다. 사진에 어울리는 간단한 문장도 넣고 스티커로 꾸미기도 했다. 몇 장의 사진이 쌓였을 때쯤 알게 되었다. 핸드폰으로 찍은 사진과 짤막한 글을 꾸준히 올리는 이 평범한 습관이, 내 지인들에게 위로가 되어 주고 있었다는 것을. 이렇게 평범하고 (겸손하게 말하자면) 보잘것없는 내 사진과 글들이, 누군가에게는 희망, 사랑, 꿈, 행복 그리고 위로가 되기도 한다는 사실이 참 놀라웠다. 전혀 예상하지 못한 일이었다.

여러 습작들이 내 컴퓨터 폴더 속에 차곡차곡 쌓여 가던 어느 날, 나는 본격적으로 사진을 찍고 글을 쓰기 시작했다. 문장에 화려한 미사여구가 없어도, 사진의 테크닉이 없어도, 누군가의 마음을 움직일 수 있는 작은 기적을 경험했으니까. 그리고 더 많은 사람들에게 그런 작은 기적을 선물하고 싶었다.

나는 불쑥 찾아온 인연이나, 생각지 못했던 이별처럼 조금은 특별한 사건도 사진과 글로 담아냈다. 그렇지만 몇 번의 하루가 지나고 보니, 계속 특별할 것만 같았던 그런 일들도 결국 수많은 평범함에 마모되어 또 다른 평범함이 되었다. 평범하다는 것이 꼭 나쁜 의미는 아니다. 누구나 공감할 수 있는, 누구나 일상에서 겪는 소중한 보통날이다.

우리의 보통날을 조금 더 달콤하게 하는 것은 무엇일까. 어쨌거나 사랑, 그래도 사랑 아닐까. 그게 어떤 형태의 사랑이든 말이다. 그런 내 맘 때문일까. 이 책 속에는 유난히 사랑에 관한 글이 많다. 때로는 설레는 마음으로 고백했던, 때로는 영화 속 주인공처럼 당당하고 뻔뻔하게 말하기도 했던 지난날의 고백. 솔직히 보면 고백이고 사전말로 수작 저는 그 행동들. 갑자기 불쑥 이렇게 말하고 싶었다. " 수작 걸지마 !" 하고. 조금 부끄럽지만 이 말은 내 이름의 끝 글자 '수' 그리고 작품이라는 뜻에서 '작', 수의 작품이라는 뜻도 함께 담고 있다.

4

수작 걸지마! 수작 걸지마! 수작 걸지마!

강한 부정은 강한 긍정. 수작 걸고 싶다는 강한 의지를 담아 외쳤다. 바로 이 책을 펼쳤을 '모든 당신'에게 내 글과 사진으로 수작을 걸고 싶다는 것. 누군가는 뭐 이런 사진, 이런 글이 다 있어, 라고 욕하며 나를 뻥 차 버릴 수도 있고. 누군가는 웃음 머금은 표정으로 따뜻하게 고백을 받아줄 수도 있다. 당신이 어떤 반응을 하든, 나는 당신의 선택을 존중한다. 그래도 이왕이면 따뜻하게 받아 주었으면, 내 사진과 글을 행복하게 읽어 주었으면 참 좋겠다.

그리고 또 다른 하루가 시작되었다. 동네 작은 카페를 찾았다. 라떼 한잔을 시켜놓고 막 마시려던 참이었다. 평소 같았으면 무심코 입으로 가져갔을 텐데, 어쩐 일인지 한참동안이나 바라보고 있었다. 문득 커피를 좋아하던 오래된 그녀가 떠올랐다. 다 잊은 줄 알았는데. 기억 한편에 여전히 그녀가 남아 있었다. 이것은 나의 이야기이기도 하며, 어쩌면 당신의 이야기이기도 하다. 당신의 특별한 기억들이 의미 없이 닳아지지 않았으면 좋겠다. 당신의 특별한 추억, 당신의 소중한 보통날을 응원하며, 당신에게 이 책을 건넨다.

크리스마스가 다가오는
수작 걸기 좋은날, 수작가 씀

5

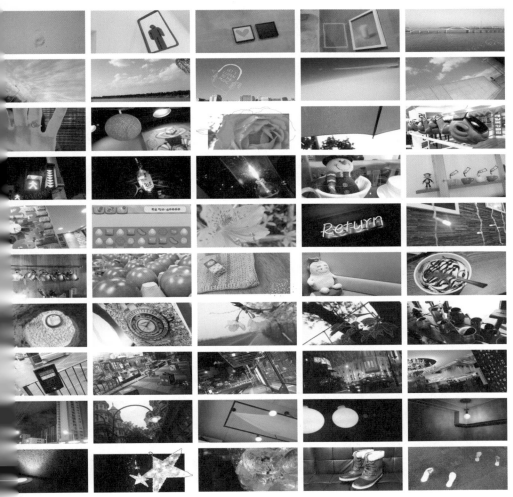

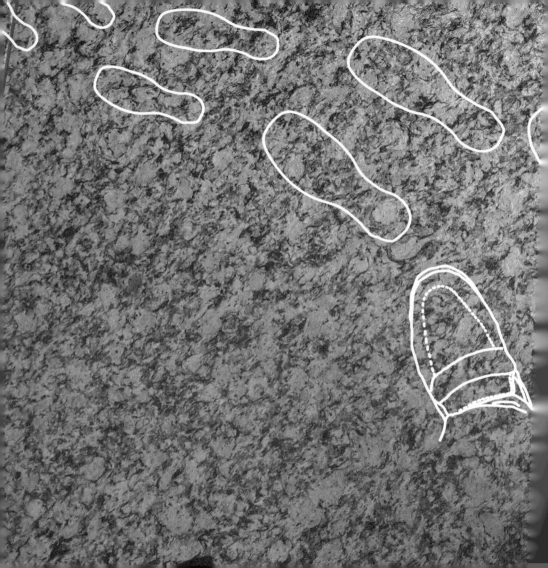

한 걸음을 떼기 시작하면,

결국 그 끝에서 기다릴 나에게로 간다.

물을 준 만큼 새싹은 자라나고,
표현하는 만큼 사랑은 커진다.

좋아하는 마음은
아무리 주어도
마르지 않고
결국엔 흘러넘쳐
나에게 다시 돌아 온다.

한 치 앞이 보이지 않아

짐작으로 걷는 안개 속에서도

네가 다가오는 것은

그냥 알게 된다.

비바람이 몰아쳐

땅만 보고 걷는 거리에서도,

너의 발걸음 소리는

그냥 듣게 된다.

어디에 있던 너는,

그냥, 느끼게 된다.

사랑이란, 안개 낀 날씨 같아.
사랑이란, 구름 속 태양 같아.

보이지 않는다고 못 갈 것도 없다.
길은 항상 그 자리에 있다.

모래 같은 게 사람 마음이라,

가볍게 부는 바람에도

속절없이 흩날린다.

한바탕 비가 내리고 난 뒤에야

비로소 담담하게 바다를 지킨다.

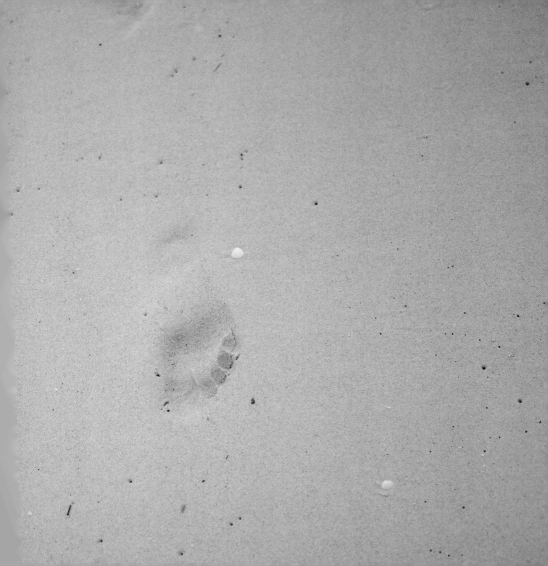

자꾸 돌아보고,
괜히 신경 쓰고,
문득 생각나는,

어쩔 수 없는
그 순간이 사랑이야.

마음속엔 두개의 방이 있다.

한 곳엔 네가 있고,
다른 한 곳엔 너와의 추억이 있다.

나중에

혹시나 너의 방이 비워지면

그 방이라도 있어야,

웃으며 또 하루를 시작할 테니까.

사진을 보다가

문득 네 생각이 났어.

분명 찢어 버렸는데

분명 태워 버렸는데

왜 추억 속 네 모습은

마음 벽 한쪽 액자에

그대로 남아 있는 걸까.

always

양념 통닭이 먹고 싶어!

화끈하게 새빨간 양념을 두른 모습.

대박! 하나 시키면 두 개 준대. ♡_♡

교활한 닭장 주인!

다이어트 시켰나 봐

넘 스키니하잖아~

이럼 안 되는 거잖아~

어디에 있던 너는,

그냥 , 느끼게 된다.

바닷가에 서서 너를 그린다.

봄바람처럼 따뜻하고

여름바람처럼 시원한

때로는 가을바람처럼 쌀쌀하고

겨울바람처럼 차갑기도 한

쉬지 않고 일렁이는 파도가

되돌아 선 네 마음에도 가닿길 바라며

하염없이 서서 너를 그린다.

그냥 그 곳에 있어 줘.

언제든 네가 보고 싶으면
달려가 안아 볼 수 있도록.

그 바람 타고 네가 왔듯이,
그 바람 타고 네가 떠났다.

너만 생각하며 흥얼거린 노래들.

불어오는 바람에 실려

네 귀까지 흘러갔으면 좋겠다.

너만 생각하는 내 노래가

내만 생각하는 네 노래가 됐으면.

참 좋겠다.

하늘을 가르는 선을 보며 지나간 날을 추억한다.

넌 어디로 가고 어디에 있는지?
아니, 그때의 난 어디로 갔고,
어디에 있는 걸까?

거기 당신,

하늘은 보고 사십니까?

이 책 덮어도 좋으니까,

지금 당장 하늘 좀 보세요.

나의 모든 곳엔

언제나 네가 있다.

하늘은 맑고 날은 추웠다.

영하 1℃에 어울리는 음악은 어떤 걸까?

하늘에선 무엇이든 똑같다.

별이나 비행기나 똑같이,

열심히 날고 있을 뿐이다.

땅에서도 무엇이든 똑같다.

고양이나 사람이나 똑같이,

열심히 살고 있을 뿐이다.

우리 사이엔 낮은 벽이 있었다.

어떻게든 허물어 버리면

너와 나 사이가 달라질 거라 생각했다.

하지만 애초에 틀렸었나 보다.

벽이 있어도 벽을 넘어 잘만 지나가더라. 구름은.

구름처럼, 바람처럼 유연하게 네게 가지 못했다.

어쩌면 단단한 벽을 쌓고 있던 건

네가 아니라 나였을지 모른다.

벽이 있어도

벽을 넘어 잘만 지나가더라, 구름은.

봄은 나에게

너에게 가라고 속삭인다.

추운 겨울이 지났으니,

너의 마음도 녹았을 거라고.

봄은 계절을 따라 오는 줄 알았는데,

그게 아니었다.

봄은 매일매일, 너의 손을 잡고 온다.

자연은 사람을 담고,
사람은 자연을 담는다.

"하늘은 우릴 향해 열려 있어.
그리고 내 곁에는 니가 있어."

뭐, 내 곁에는 니가 없지만,
듀스의 노래는 언제나 옳다.
노래 끝나자마자
리플레이 버튼 누르게 되는

그때 그 노래.

새벽을 따라 걷는 길 위에서,
문득 박명수 어록이 떠오른다.

'일찍 일어나는 새가 피곤하다'
'일찍 일어나는 벌레는 잡아먹힌다'

그래 제길,
어쩐지 항상 피곤하더라.
어쩐지 자꾸 씹히더라니.

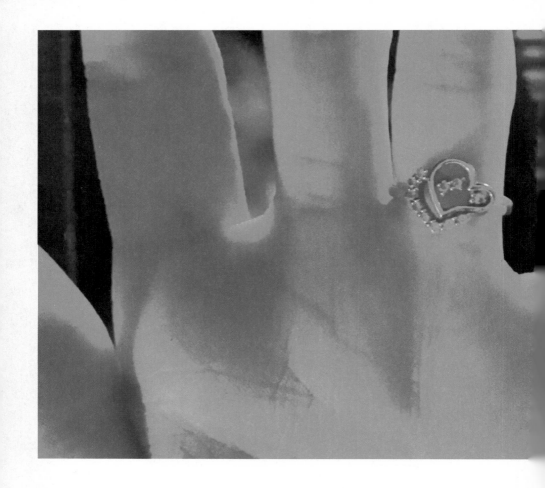

"이 손 잡아 줄래?"

"더 이상 다가오지마."

두 가지 신호를 동시에 보내면

대략 난감하다.

인연은 어르고 달래야
비로소 사랑이 된다.

5월에 핀 장미를 보면
엄마 생각이 난다.

화려한 장미꽃을 받치고 있는
가시투성이 줄기처럼

내 인생만큼은 화려하도록
당신 삶을 바쳐 가며 지켜 준,
그런 엄마 생각이 난다.

엄마도 어느 시절엔,
그윽하게 향기 머금은
빨갛고 예쁜 장미였겠지.

비를 가린다고 젖지 않는 건 아니다.
너를 지운다고 잊히는 건 아니다.

파랑 vs 빨강

불공평해도 너무 불공평한 싸움.
파랑이의 수입은 펩시뿐인데,
빨강이는 코카콜라로 시작해
장미, 고추장, 산타, 루돌프 코까지
수입이 저~엉말 짭짤하다.
파랑이는 어디서 용돈 벌어야 하나?
(앗, 포카리스웨트의 무존재감. 포카리 미안 !)

여기서 나를 더 슬프게 하는 건
묘하게 나를 닮은 파랑이의 밥벌이.

비를 가린다고 젖지 않는 건 아니다.

MK.O : 커피 타 올까요, 형님?

　나: 그냥 자련다 ~

MK.O : 그... 그럼 녹차라도 ?

　나: 우쥬플리즈 컵에서 내려와 줄래 ? (一_ㅡ)

" 한판 뜰까 ? "

친구끼리 싸우는거 아니다 ~

게다가 똑같이 생긴 것들끼리 !

S

어차피 쌍콧피 터질
도토리 키 재기ㅋㅋㅋ

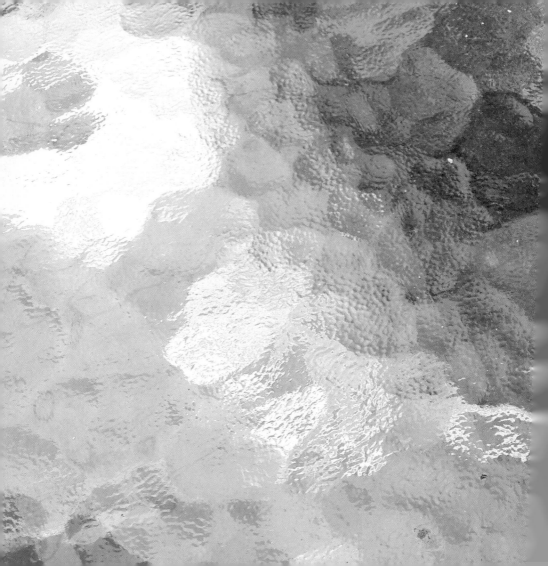

투명하게 훤히,
보이는 정답은 없다.

인생 다 그런 거지.

나는 차가운 도시의 얼음.

하지만 너에게는 순식간에 녹아들겠지.

네가 따뜻할수록 더 빨리, 사르르,

네안에 녹아들 준비가 되어 있단다.

꽃처럼 화려한,

미치게 아픈,

유난스러운 청춘이 아니어도 좋다.

청춘 그 말만 들어도

벅차고 설레면 그걸로 됐다.

" 주저하지 마세요.

녹색불은 당신을 기다려 주지 않으니까요."

넌 항상,

처음 처럼 웃어 주고

처음처럼 기뻐하고

처음처럼 상냥하다.

그래서 넌,

처음처럼 신비롭고

처음처럼 상큼하고

처음처럼 두근두근.

너는 내 마음의 빛이 되고,

나는 너를 지키는 전구가 되어,

언제까지나 네 빛이 다치지 않도록

항상 그 자리에 있을게.

행복이란 무엇일까

마음의 바리스타가 내려 준
따뜻한 커피물에 몸 담그기

코 끝에 향이 번지고
발 끝에 온기가 감돈다.

달콤 시럽 몇 방울 뿌려 주면,
아, 이런 게 행복이지!

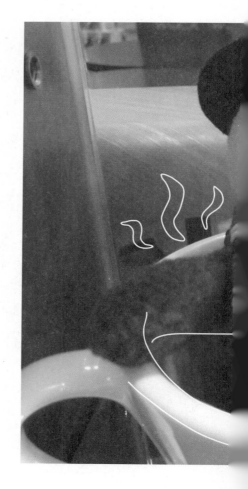

자신을 버리고 누군가에게 힘들게 맞추지 말고

나만을 위해서 누군가에게 억지로 강요치 말라.

색이 다르면, 향도 다르다.

넌 무슨 색을 갖고 있니?

색이 다르면 , 향도 다르다.

담백한 고백이 그리운 날.

" 보고 싶어 ."

이 한마디에 전해지는 너의 떨림이,

하루 종일 귓가에,

사랑 노래처럼 울렸으면 하는 날.

99

이런, 개?

DENTAL
PRACTICE
020 8748 6543

DENTAL
PRACTICE
020 8748 6543

WESTERN UNION

204 HAMMERSMITH ROAD, LONDON W6 7DJ
B&K NEWSAGENT LTD
TEL 020 8741 2766

ELECTRONIC TOP UPS • CONFECTIONERY • ATM • LOTTERY • SPICES • PHOTOS

SEND & RECEIVE MONEY AROUND THE WORLD HERE

NEW
LOWER FEES

£2.90

산타: 달릴 준비 되었는가? 루돌프군

루돌프: 헐, 또 나야?

언제나 익숙한 걸 찾게 되는

우리의 마음 산타의 마음

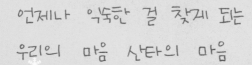

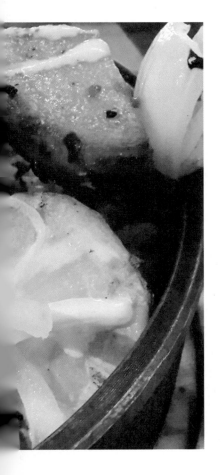

서로 다른 색들이 함께 놓이고
서로 다른 성분이 고루 섞이면
맛깔스런 요리가 완성된다.

다른 색채를 가진 만큼
서로의 색을 돋보이게 해 주고,
다른 성격을 지닌 만큼
서로의 모자람을 채워주는,

어쩌면 너와 나의 다름도
최고의 사랑 레시피일지도 모른다.

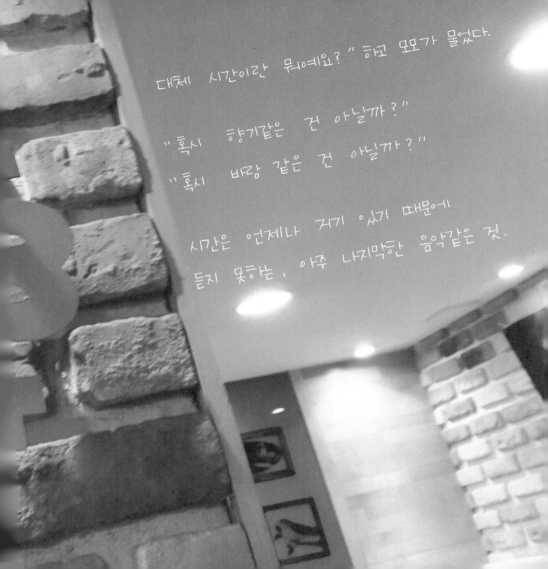

대체 시간이란 뭐예요?" 하고 모모가 물었다.

"혹시 향기같은 건 아닐까?"
"혹시 바람 같은 건 아닐까?"

시간은 언제나 거기 있기 때문에
듣지 못하는, 아주 나지막한 음악같은 것.

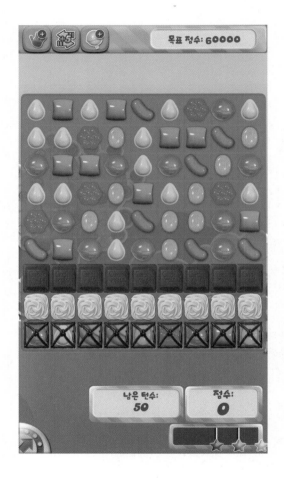

달콤함으로 날 유혹해도,

어차피 넌 그림의 떡!

내가 먹지 못할바엔

"널 부숴 버리겠어!"

- 캔디크러쉬사가.jpg

어젯밤에는 널 닮은 별을 봤고,
오늘 아침에는 널 닮은 꽃을 봤어.

내일이 오면
널 닮은 나를 봤으면 좋겠다.

RETURN :

예전에 너와 함께 걷던 길을
나 혼자 걸어가.

그땐 미처 보지 못했던
또 다른 모습들이 날 반긴다.

돌아가야겠다.

너에게로 돌아가,
다시 함께 걷자고 말해야겠다.

이리저리 엮인 줄에 매달린 작은 전구들이 깜빡인다.
유난히 밝은 전구도, 불 꺼진 전구도 있다.

하지만 모두 켜 놓기에는 마음의 전력이 부족하다.
단 하나의 전구에만 빛을 허락하자.

어쩌면 너와 나의 다름도

최고의 사랑 레시피일지도 모른다.

눈이 먼저냐 맘이 먼저냐는
닭이 먼저냐 달걀이 먼저냐처럼
의미 없는 논쟁이란걸,
널 만난 그때 알았다.

그건 그냥 사랑이었다.
단지 사랑이 먼저였다.

넌 내게 피곤할 테니

집에서 쉬라고 했지만

널 만난 이 순간이

내겐 휴식이다.

작은 트럭에서 꽃을 파는 아저씨가 있었대.

길을 가던 한 아가씨가 멈춰 서서 물었대.

"아저씨, 이 꽃 한 묶음 얼마예요?"

"오천 원이요."

아가씨가 머뭇거리자 꽃 트럭 아저씨가 이렇게 말했대.

"아가씨, 아가씨는 오천 원으로 봄을 사는 거예요."

어느 칼럼에서 읽은 글이다.

가을 겨울 지나 봄이 오면 나도 사야겠다.

"아저씨, 여기 봄 오천 원치 주세요."

추위 코 끝까지 빨개진 날 보면서,

놀려 대며 웃고 있는 너, 빨간 잎.

겨울인줄 알았더니,

아직은 가을이었나 보다.

술을 담으면 술통
물을 담으면 물통

마음 주전자엔
무얼 담으면 좋을까?

삶은 , 계란

너 없이도 잘 살아왔는데,
요즘 들어 네가 자꾸 생각나.
너 없이 아무것도 할 수 없어.

"아, 당 땡긴다!"

오후 4시, 잊지 말고 당 섭취합시다.

무우같이 하얀 피부.

인형같이 부드러운 살결.

애정담은 그윽한 눈빛.

수줍은 선홍색 볼 터치.

돈도 마구마구 퍼 줄것 같은 넉넉한 모습.

그녀는 내 지갑으로 러 She.

내 카드엔 한도초과 캐 She.

한 모금도 마시지 않던 커피를
당신 때문에 마시기 시작했어요.

당신이 좋아했으니 나도 좋았죠.
이제 당신도 없는데,

커피 없이는 살 수가 없어요.
당신 없이는 이렇게 잘 사는데 말이죠.

그건 그냥 사랑이었다.

단지 사랑이 먼저였다.

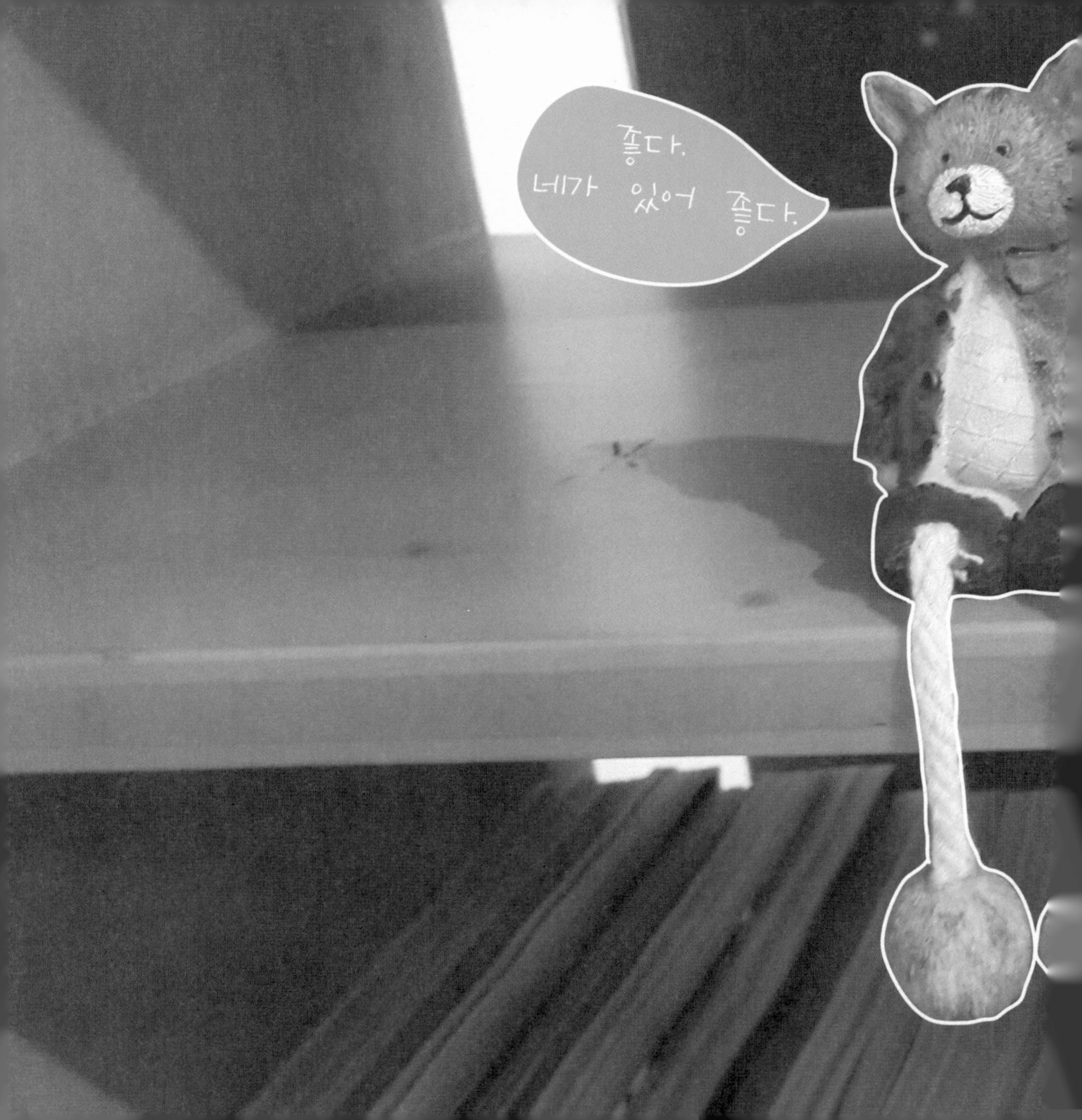
좋다.
네가 있어 좋다.

어느 작가가 말했다.

인생은 '아포카토'라고.

아이스크림처럼 차갑고, 에스프레소처럼 뜨겁다.

아이스크림처럼 달콤하고, 에스프레소처럼 쓰다.

냉정과 열정사이,

달콤 쌉싸래한 우리네 인생 맛

"여기, 아포카토 한 잔 주세요."

우유를 머금은 부드러움과

달콤한 향이 일품이다.

그렇게 늘 라떼를 시켰다.

우유가 섞인 탁함이 싫고

달짝지근한 향도 부담된다.

이젠 아메리카노를 시킨다.

라떼를 좋아했던 나와

라떼를 싫어하는 나의

그 이유는 똑같다.

오전 11시의 정석.

갓 내린 뜨거운 아메리카노 한 잔.

크림치즈 듬뿍 바른 베이글 한 조각.

아, 무릉도원이 여기 있구나.

어릴 적 버스정류장에서 만난
낯선 할머니가 떠오른다.
할머니는 대뜸 내 손을 잡더니
어머니께 말했다.
"금이야, 깨지지 않게 잘 키워.
그리고 S대 보내~"

물론 난 깨지지 않고 잘 컸다.
그런데 S대는 못 갔다.

그래도 열심히 공부하고 있다.
순도 높은 금이 되기 위한
마음의 연금술을 말이다.

네가 내 전부인 줄 알았는데.
돌이켜 보니 그냥.
네 전부에 내가 있었던 것뿐이네.

네가 살았던 하루의
바람과 별들이,
나에게 선물처럼 찾아온다.
너를 지나친 시간을 살며
함께하지 못하는 아쉬움이 크지만,
너의 향기가 실려 온 바람
너의 눈빛이 담겨있는 별을 보며,
그래도 그곳에 네가 있어
참 다행이라고 생각한다.

벚꽃 휘날리는 거리를 지나면
머리 위에 벚꽃 잎이 내려앉는 것처럼,

너는
너무도 당연하게,
나에게로 왔다.

채워진 양만큼 줄 수 있겠지.
더도 덜도 말고 딱 그만큼.

우리 마음도 그렇다.

라떠는 그대로다.

변한 것은 오직 내 맘뿐.

라떼가 가장 맛있을 때,
네 눈빛,
네 목소리,
네 마음,
이슬처럼 한 방울씩 넣고,
너와 함께 마실 때.

내 거인 듯,
내 거 아닌,
내 거 같은 그 사람

잠겨 있지 않은 문은
언제나 열 수 있다.

너는 공사 중인 고층 빌딩이야.

매일매일 올라가.

자꾸자꾸 높아져.

철거도 재개발도 안된다.

전기도 월세도 엄청 비쌀 거다.

아무도 들어갈 엄두를 못 낸다.

어쩌겠니.

사랑의 부자인 내가 입주해야지. ㅋㅋㅋ

넌 나에게 사랑이 시작됐다고 해지.
난 너에게 이별이 시작됐다고 하지.

어쨌든 우리 둘 다
지금부터 시작이야!

시작은 동전의 양면처럼
끝을 안고 찾아온다.

마음에도 신호등이 있다면,
나는 네 마음속 횡단보도에
우뚝 멈춰서고 싶어.

불안해하지 않고,
너무나 당연하게,
너의 마음속으로
다시 건너가고 싶어.

PEDESTRIANS
push button and wait
for signal opposite

WAIT

wait

cross
with care

사랑이란 주사위 게임 같다.

한 번에 원하는 숫자가 나오기도 하지만

때로는 수십 번 던져도 나오지 않는 것.

"만약 네가 오후 네 시에 온다면,
난 세시부터 행복해지기 시작할 거야.

— 어린왕자 중에서

처음은
용기의 친구이자,
습관의 자식이다.

처음은,
당신에겐 어떤가요?
(   ) 친구 ?

머리를 자르고 나면

미련도 잘려 나가는 것 같고   머리처럼

아까워 자르지 못했던   미련이

못내 털어 버리지 못했던 미련이

가위질마다 잘려 나가는 것 같다.

잠겨 있지 않은 문은

언제나 열 수 있다.

거리에 떨어진 빗방울은

거리의 색이 되고,

거리의 빗방울은

어딘가 부딪힌 빗방울은

또 다른 소리가 된다.

비는 '색다른 음'이다.

결국 색다른 의미다.

비가 내리면 우산을 켜서 비를 피한다.
하지만 우산 속에 내리는 비는?

우산을 나눠 쓰느라 어깨가 다 젖어도
마냥 좋기만 했던 비오는 거리.

이젠 네가 없어 참 넓은 우산인데
속수무책 마음부터 젖어 온다.

어쩌면 좋을까.

오랜만이야

잘 지냈어?

넌 여전히...

'여전히 참 좋구나.'

오늘밤에도 별이 바람에 스치운다.

오늘밤에도 맘이 이렇게 흔들린다.

바람 탓일까? 별 탓일까?

아니면 기분 탓일까?

회색 도시도 밤이 되면
아름다운 색을 갖는다.
야경만큼은 그래, 네가 최고다.

더구나 사람이라면,

그 빛이 오죽하랴?
그 색이 오죽하랴?

밤이 내리지 않아도
가로등은 밝게 켜진다.
항상 같은 밝기로 세상을 비춰도,
사방이 어두워지고 나서야
비로소 불빛을 알아챈다.

네게 이별이 올 때까지 기다리면,
비로소 내 마음을 보줄까.

여긴 어두워요,
밖으로 나갈까요.

노출 시간, 이 분에서 삼 분 사이. 찰칵.

마음 속 프레임에 무얼 담고 있나요?
왜 그렇게 표정이 어두워요.
이번에도 밖으로 나갈까요?

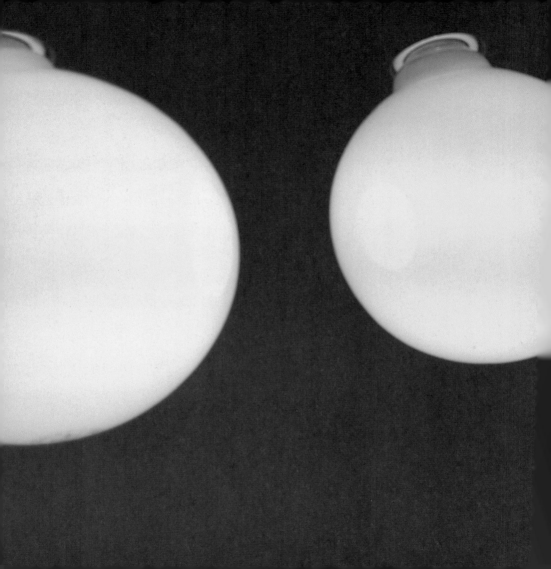

아무리 작은 희망이라도
포기하지 말자,
조그만 불씨가 모여야
큰 불로 타오르는 거니까.

모든 생각의 끝에는
네가 있어.
눈을 질끈 감고
머리를 흔들어 봐도
결국 너야.

사방이 어두워지고 나서야

비로소 불빛을 알아챈다.

나비가 꽃을 떠났다.

더 이상 향기가

나지 않기 때문이다.

그 사람도

나비와 같았다.

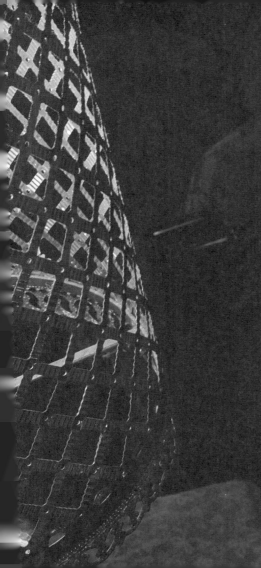

어둠 속에서는
빛을 아무리 감춰도
결국 한줄기로 새어 나가지.

마음도 똑같아

그 마음 숨기려고 애써도
눈빛으로 웃음으로
전부 다 빠져나가.

따뜻한 온돌방에서
은은한 전등을 켜고
그때 그 노래를 튼다.

고작 한 곡, 달랑 한 곡 들었을 뿐인데,
그 시절이 죄다 떠오른다.

전하지 못한 마음은

생각할수록 커지고

숨길수록 타오른다.

내 마음속에서
네가 꺼지는
날은
내 인생에서
내가 꺼지는 날일꺼야.

어차피 만날 인연은
때가 되면 나에게 오고

언젠가 헤어질 인연은
다가가도 멀어질 뿐이다.

마음은 열어 놓고,
욕심은 내려놓자.

별 하나의 사랑과
별 하나의 외로움
별 붙일 없던 추억이,
별스럽게도 불쑥, 떠올랐다.

봄은,

바람이 아니라

마음을 따라온다.

어떤 사람은

평생 봄에 살고

어떤 사람은

평생 겨울에 산다.

짚신도 짝이 있고
부츠도 짝이 있다.
그런데 왜,
내 옆엔 아무도 없지?
올 겨울엔 내거도
짝이 있었으면 좋겠다.

네 뒤를 쫓으려는게 아니다.
다만,
한 걸음 뒤에 서 있는
`조금 느린 내 인생`이다.

지금 이 지점은,
또 다른 `끝의 시작`일뿐이다.

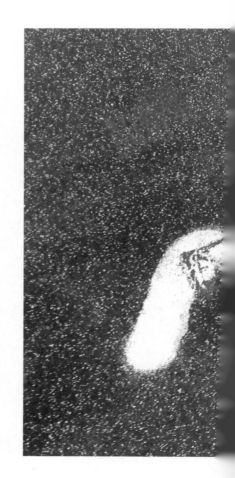

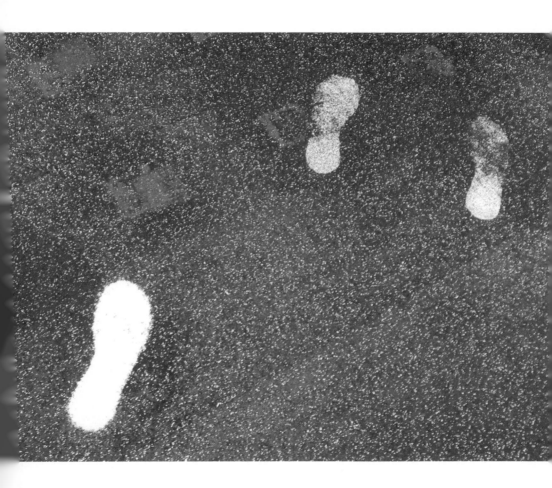

봄은 , 바람이 아니라

마음을 따라 온다.